FORTUNATO

Titolo originale: **Fortunato**

Editori della Peste, Milano 30 maggio 2008
http://www.circolopickwick.it
http://www.luigimaffezzoli.it

Luigi Maffezzoli

FORTUNATO

Una fiaba scritta in treno

Chi può dire che un sogno non è reale, quando la sua unica mancanza è quella di non essere immaginato come vero? E' possibile vedere una storia di ordinaria attualità come una fiaba, dove chi soffre è un bambino? I giorni dell'odio raccontati in queste pagine, non ci portano verso il razzismo, o verso la formula "meno crimini più giustizia"; oppure verso la voglia di pulizia e di ordine. Ci conducono per altra via verso ciò che di più subdolo l'umanità può inventarsi: uccidere il sogno di un bambino. Strapparlo ai suoi genitori incendiare il luogo dove vive, annientare la sua persona e cancellare la sua presenza fisica. Barbara, la giornalista di questo racconto, come ama autodefinirsi, sfigata; ad un certo momento della sua vita intuisce che osservare gli accadimenti giornalieri non vuol dire affacciarsi alla finestra e guardare il giardino sotto casa. Durante lo scorrere della narrazione la sua diffidenza e la sua nostalgia infantile, si trasformano in un'assidua ricerca e in un'attenta indagine su una sparizione che ritiene inaccettabile. Dov'è Fortunato? Dov'è il bambino che suona il violino? Sono le domande che Barbara ripete spesso a se stessa per trovare il coraggio di non abbandonare la ricerca, per avere la forza di aprire la finestra e vedere il mondo nella sua interezza.

Lele Palmisani

Erano, quelle stampe iconografiche, gli unici oggetti d'arte che da tre secoli diffondevano le opere dei grandi maestri tra la gente delle campagne e tra i popolani della città, e nei casolari sparsi per montagne e pianure.
(Mario Rigoni Stern, Storia di Tönle)

Di come tutto cominciò

Fortunato sparì nel nulla in una notte di novembre.
Mi aveva chiamato un'ora prima, era scosso e spaventato.
Iniziò a parlarmi di due zingari amici suoi conosciuti poche settimane prima ad una festa sul naviglio.
Gli misi giù la cornetta e lui proseguì verso il suo destino.
Fortunato, un nome, un augurio. Ricco, bello e famoso, con la sua Giulietta Sprint degli anni '60 perfettamente restaurata e con una donna sempre al fianco. Fortunato aveva un padre famoso ed affermato chirurgo ed anche lui era medico, senza il bisogno di professare. Mi aveva fulminato dieci anni prima, con quel suo modo di fare un po' maldestro, con quella carnagione scura da farlo sembrare sempre abbronzato e il suo accento, ultimo segno di un'origine oscura dal cuore dell'Europa.
Fortunato che mi aveva lasciata dopo un breve rapporto, con la leggerezza che lo distingueva. Cosa poteva aver trovato in due artisti di strada? Lui un violinista e lei una ballerina, lo avevano conquistato, forse di lei si era innamorato e in quell'ultima notte si trovava nel loro campo.
Raccontava di suo nonno, della nostalgia della sua terra tra i monti, ma l'unico argomento di cui voleva veramente parlarmi era quello dei due zingari. Lo mandai via, quasi in malo modo, non volevo sapere dei suoi amori e delle sue avventure, mi ridestavano sogni svaniti nella giovinezza di quando non dovevo lavorare per vivere ed avevo

ancora il tempo per sognare.
È questa la vera ragione per cui ho deciso di mettermi sulle sue tracce. Sono una pubblicista sfigata e delle notizie che scrivo già il giorno dopo non c'è più memoria. Un'inchiesta sulla sparizione del figlio di un uomo illustre poteva far comodo alla mia carriera. Ma non è questa la ragione per cui ho deciso di scrivere questa storia. Ho capito già dal primo incontro con la polizia che mi avrebbe portato solo disgrazie. L'ho scritta per Fortunato, perché di lui resti una traccia e perché resti una traccia dei suoi amici, fuggiaschi senza colpa.

Di come la mia vita cambiò una mattina dopo l'incontro con una amica (nemica) che avevo quasi dimenticato

Come ogni mattina il treno era in ritardo ed io vagavo per la stazione bestemmiando contro le ferrovie, guardata con compatimento dagli altri passeggeri che non capivano perché mi arrabbiassi tanto.
Arrivai in redazione ansimando. Il caporedattore, senza fiatare, alternò lo sguardo tra me e il grande orologio appeso alla parete della redazione. Gli sorrisi facendo finta di non capire e mi rintanai nel mio ufficio microscopico.
Accesi il computer e presi in mano un mazzo di fogli che qualcuno aveva piazzato sulla scrivania.
«Scusa sono miei.» Puccio, titolista e maiale, piazzò i suoi occhi sull'orlo della mia gonna per poi farli risalire fino all'altezza del seno. Gli feci una smorfia e gli misi i fogli in mano per poi chiudergli la porta in faccia mentre mi proponeva di bere insieme un caffè.
Mi lasciai cadere sulla sedia e aprii la pagina della posta. Fu in quel momento che la porta dell'ufficio si spalancò facendo volare metà delle carte che avevo sulla scrivania.
«BARBARA!»
Sulla porta dell'ufficio stava Giulia, l'amica d'infanzia, l'amica del cuore, l'amica al veleno, che mi aveva fregato il fidanzato quindici giorni dopo che glielo avevo presentato. Giulia, con il Manifesto sempre in tasca, che mi criticava perché non mi occupavo abbastanza dei proble-

mi del mondo, ma che a suo modo il mondo aveva capito bene come prenderlo per portarlo dalla sua parte. Non la vedevo da dieci anni.

«Dimmi dove sta!»

La guardai senza alzarmi e col volto scuro.

«Esci da qui!»

«So che vi siete incontrati!»

Mi alzai rabbiosa.

«Ti ho detto di uscire! Devo lavorare e non ho nessuna intenzione di rispondere alle domande di un'isterica gelosa!»

«Nessuno sa dove sia! Cazzo! È sparito da tre settimane!»

Trattenne il pianto e si asciugò gli occhi con la manica della camicetta. Le passai un fazzolettino, me lo strappò di mano.

«L'ultima telefonata dal suo telefono di casa risulta fatta a te. Cosa voleva? Dimmelo!»

Ero turbata dalle sue parole, ma quell'ultima richiesta mi fece di nuovo inferocire.

«Se anche lo sapessi perché dovrei dirtelo? Se Fortunato volesse comunicare con te lo farebbe, non credi?»

Alzò la mano come per colpirmi. Poi si accasciò sulla sedia dall'altra parte della scrivania.

«Devono c'entrare quei maledetti zingari! Negli ultimi tempi era andato fuori di testa.»

Mi percorse un brivido, in quel momento percepii che forse era davvero successo qualcosa di terribile. Mi sedetti e le rivolsi lo sguardo.

«Perché dovrebbero avergli fatto qualcosa di male? Ne parlava come fossero suoi amici.»

«Ma che cosa stai dicendo! Come si può essere amici di

due zingari!»
Si rialzò rabbiosa. Mi alzai anch'io e le puntai gli occhi addosso.
«Non ho niente da dirti! Vattene fuori.»
Abbassò il tono ma non si mosse di un centimetro.
«Non so con chi parlarne. Sua madre è da un mese su quella cazzo di montagna e suo padre se ne sta sempre in ospedale a tagliare pance e a fare soldi, se non glielo dicevo io manco si accorgeva che suo figlio era sparito: *Lo conosce da tanti anni e ancora si preoccupa? Si sarà preso qualche giorno di vacanza, sicuramente per Natale torna»*
«Potrebbe anche essere, non sarebbe la prima volta mi risulta.»
«VACANZA UN CAZZO!»
Questa volta non riuscì a trattenere le lacrime. Le ripassai i fazzoletti e lei li fece volare. Le grida avevano attirato il caporedattore che come al solito si limitò a fissarmi in attesa di una spiegazione.
«La signorina se ne sta andando. È venuta per quell'articolo sugli zingari. È un po' scossa perché è preoccupata per il suo fidanzato che da un po' non si fa sentire. Niente di grave...»
«Tutto di grave! Merda! L'hanno rapito e chissà cos'altro gli hanno fatto!»
Il caporedattore non ammetteva che qualcuno alzasse la voce in ufficio. L'avrei uccisa.
«Basta! Vai fuori a prenderti un po' di fresco!»
Mi fulminò con gli occhi, masticando un'imprecazione che tuttavia non fece uscire.
Il caporedattore abbandonò l'ufficio lasciandomi una scia

di parole.
«Quando ha finito con la signorina venga nel mio ufficio.»
Mi sentii morire, era il mio primo lavoro continuativo (si fa per dire) ed ora rischiavo di mandarlo a quel paese per colpa di un'isterica. E la cosa più assurda era che il suo pianto mi stava turbando, come se davanti avessi ancora l'amica intima di tanti anni prima e non la vipera che mi aveva fregato l'unico uomo che avessi amato.
La guardai ancora negli occhi.
«Era turbato per quell'incontro con gli zingari.»
«Te l'ho detto, lo hanno stregato! STREGATO! Prima lo hanno derubato e lui in commissariato non è nemmeno stato in grado di denunciarli!»
La presi per le spalle e la scrollai.
«Fortunato non è mai stato superstizioso! Se la zingara gli piaceva non era certo perché faceva le carte ai gonzi!»
La lasciai e tornai a sedere. Lei raccolse da terra i fazzolettini e si asciugò le lacrime.
«Aiutami a trovarlo.»
«Io?»
«Sei l'ultima persona che ha cercato prima di sparire e poi sei una giornalista.»
«Per ora solo pubblicista.»
«Quello è un eufemismo per incularti.»
«Dopo la tua performance di oggi lo resterò per un bel pezzo.»
Il suo modo di fare mi faceva infuriare, ma nello stesso tempo non riuscivo ad allontanare il pensiero da Fortunato. Poche settimane prima lo avevo cacciato, rifiutandomi di ascoltare la storia che mi voleva raccontare. Ed ora era

sparito.
«Mi aveva chiesto di scrivere un libro per lui.»
«Un libro?»
Scattò ancora in piedi.
«La biografia di suo nonno.»
«DIO! Era andato proprio fuori di zucca.»
«Avremmo dovuto risentirci in questi giorni, aspettavo che mi richiamasse.»
Una lacrimona le scivolò sulla guancia.
«Se si fa vivo con te vorrei che me lo dicessi.»
Masticò un *per favore* che dovette costarle molto.
Non le risposi. Aprii la porta dell'ufficio facendole segno di uscire. Questa volta obbedì senza reagire.
«Dovrò occuparmi di un campo di zingari nei prossimi giorni. Cercherò di scoprire qualcosa.»
Fece per rispondermi, ma non le uscirono parole.
L'accompagnai all'uscita, sotto lo sguardo del caporedattore.

Di quando Fortunato suonò alla mia porta e mi fece un'improbabile proposta, sottintendendo la vera richiesta

Stretta nel posto che anche quella sera mi ero conquistata, ripensavo a Fortunato.
Il movimento ondeggiante del vagone mi conciliava il sonno. Stringevo la mia borsa sul petto mentre una grossa donna nera, con un abito corto e senza calze nonostante il freddo, mi osservava seduta di fronte a me.
La sera il treno era frequentato solo da stranieri e, per quanto cercassi di respingerle, mi risuonavano in testa le parole di mia madre che mi faceva l'elenco dei pericoli di quella giungla ferroviaria, insidiata da arabi e stupratori.
Alla fine la stanchezza ebbe la meglio sull'apprensione e chiusi gli occhi.
Nel dormiveglia, scandito dal ritmo del treno, ripensai a come Fortunato mi stringeva ai tempi del liceo. Mi baciava dappertutto e mi prometteva una vita da passare insieme. Mi parlava con quello strano accento a cui teneva tanto. Una cadenza di origine cimbra che aveva mantenuto grazie a suo nonno Fortunato Spiller. Il vecchio gli aveva regalato il suo patrimonio di libri nell'Antica Lingua, come chiamava il cimbro, tramandandogli l'interesse per quella cultura arcaica e di origini misteriose.
Eravamo insieme sul suo lettone, sotto il grande quadro di San Giorgio nel gesto di uccidere il drago. Con i miei

diciassette anni e la mia timidezza, a scambiarci baci e parole che sarebbero evaporate in pochi mesi.
L'ultimo bacio, il più intenso. Chiusi gli occhi mentre lo sentivo entrare dentro di me e lo strinsi forte per impedirgli di fuggire un'altra volta.
Il treno fece una frenata brusca e la borsetta mi cadde a terra. Spalancai gli occhi. La mia dirimpettaia nera si era alzata, era alta sopra di me. Si chinò verso la mia borsetta. Cercai di precederla ma non feci in tempo.
Si rialzò sorridendomi e mi porse la borsetta. Io gliela strappai di mano. Allora la donna prese le sue due borse di plastica e andò veloce verso l'uscita. Le sussurrai un «Grazie!» quando era già lontana.

Arrivata a casa misi a bollire dell'acqua per il tè e ripensai alla visita di Fortunato un mese prima.
Si era presentato con un enorme mazzo di margherite gialle. A prima vista sembrava che per lui non fossero passati dieci anni. Mi guardava dall'alto dei suoi due metri. Con gli stessi ricci neri e quella pelle scura che faceva perdere la testa alle ragazze, sempre senza un'ombra di ruga o un chilo di troppo. Tuttavia, guardandolo meglio, notai che era dimagrito e i suoi movimenti tradivano un'agitazione che non era da lui. Non era il Fortunato, sicuro e vanitoso, che mi ricordavo.
Mi abbracciò con forza, io resistetti. Fece una risata nervosa, allentò per un po'la presa, poi la ripeté con ancora più energia e mi sollevò da terra.
Mi ritrovavo tra il suo petto e le margherite gialle. Mi liberai con uno scatto.
Mi appoggiò a terra e mi mise in mano i fiori. Li lasciai

sul tavolo senza guardarli.
«Quanto tempo!» Fermò un nuovo abbraccio a mezz'aria
«Anche troppo. E non ne ho da perdere.»
Ero stanca, nervosa e rivederlo come lo avevo lasciato, o meglio come mi aveva lasciato lui, quando ero ancora una ragazza, con dieci chili di meno e senza il problema di dover lavorare per campare, mi faceva infuriare.
«Ti ho mai parlato di mio nonno?»
«Solo un milione di volte.»
Si guardò intorno. Metà del tavolo era occupato da una montagna di biancheria da stirare.
«Sei molto occupata..»
Lo fulminai con lo sguardo, poi presi un vaso, lo riempii d'acqua e ci misi le margherite.
«Scrivi ancora bene come ai tempi del liceo?»
Gli diedi le spalle e presi la moka.
«Ho ritrovato delle carte sue. Un pacco di lettere a mia nonna che risalgono ai tempi della prima guerra mondiale.»
Accesi il gas.
«E un diario.»
Lavai velocemente due tazzine. Sentii il suo fiato sulle spalle. Lo guardai, lui mi prese per un braccio.
«Vorrei che tu scrivessi la sua biografia.»
Gli spostai la mano e tornai alle tazzine.
Tornò a prendermi la vita. Questa volta gli colpii il braccio con più forza e lui fu costretto ad allontanarlo.
«Da quando ho ritrovato quelle carte non penso ad altro.»
Rise nervoso, io rimasi seria.
«Volevo parlarti anche di altro. Negli ultimi tempi mi

sono successe delle cose strane.»
La sua voce ora era meno sicura, capii che stava per dirmi la vera ragione della visita.
«Ho conosciuto una donna.»
Spensi la caffettiera.
«Una rumena, balla in modo incantevole.»
«Quanto zucchero?»
«E ho passato un pomeriggio in un commissariato perché mi avevano rubato i documenti.»
«Un tempo ci mettevi tre cucchiaini.»
Gli passai il caffè e la zuccheriera, poi, girandogli le spalle:
«Quanto mi pagheresti per la biografia?»
Si rovesciò il caffè addosso.
«Fai tu il prezzo.»
Presi uno strofinaccio e pulii il tavolo dai residui del caffè. Gli versai l'ultimo goccio rimasto nel fondo della moka. Lo bevve in un sorso e subito fece una smorfia perché era senza zucchero. Uscì di volata e rientrò con una grossa cartella.
«Questo è il materiale.» Aprì la borsa e tirò fuori una grossa busta. Io lo fermai.
«Risentiamoci fra un mese.»
Lo accompagnai all'uscita. Si fermò sulla porta.
«Volevo parlarti della ragazza.»
Spalancai la porta e gli feci segno di andare. Rimase un istante tra l'uscio e il pianerottolo e sussurrò ancora qualche parola finché non gli chiusi la porta in faccia.

Del mio incontro con Chiara, venditrice di stampe antiche e di cosa seppi da lei su quel primo contatto tra Fortunato e i due zingari

Fortunato visitò i miei sogni anche quella notte e nello stesso sogno mi apparve anche Chiara, coi suoi ricci lunghi neri e le sue stampe antiche venduti ai mercatini. Così, quando la sveglia interruppe il sogno, avevo ancora negli occhi la loro immagine.

Chiara, ci misi un po'a ricordarne il nome, non la vedevo dai tempi dell'università e del mio amore con Fortunato.

La incontravamo la mattina. Lei, con le sue sciarpe e i suoi maglioni colorati, ci aspettava alla sua bancarella e appena ci distingueva tra la foschia del mattino, tirava fuori da sotto il banco le stampe più preziose.

A Fortunato piacevano le riproduzioni dei quadri degli impressionisti e ogni volta si fermava mezz'ora a sfogliarle per poi comprarne almeno una. E, mentre cercava, mi raccontava di suo nonno che aveva la sua stessa passione per le stampe antiche e del vecchio Tönle[1] che all'inizio del secolo attraversava le sue montagne con lo zaino pieno di stampe comprate a Bassano, diretto fino in Boemia dove lo aspettavano i suoi clienti.

Raccontava come fosse lui stesso a vivere quelle storie. In quei momenti annullava il suo narcisismo e rivelava gli

1 Come racconta Mario Rigoni Stern in Storia di Tönle

aspetti migliori del suo animo, di bimbo gentile e avventuroso.
Tutto questo mi era tornato improvvisamente alla memoria dai frammenti di un sogno durante un sonno agitato. Fui certa che si trattasse di un presagio, una pista da non trascurare. Così, nonostante quel giorno fossi di riposo, corsi al treno per andare in città e non fu un viaggio inutile.
La pioggerellina si confondeva alla foschia che saliva dal naviglio. Chiara era seduta su uno sgabello dietro la bancarella. Erano passati dieci anni e tutto sembrava immutato, tranne i ricci della donna, ora candidi, e due rughe dritte che le tagliavano le guance. Si alzò appena mi vide e mi corse incontro. Ci stringemmo forte, poi mi squadrò da capo a piedi e scoppiò a ridere.
«Finalmente ti sei messa a mangiare!»
Non le risposi e tirai indietro la pancia.
«Ora sì che sei donna da marito. Il tuo amico è stato qui da poche settimane.»
«Non siamo più insieme da tanti anni.»
Tornò ad abbracciarmi.
«Chi può dire quando una storia è finita. Puoi fermarla in un quadro o in un romanzo e nessuno potrà dire cosa succederà dopo che il dipinto sarà terminato.»
Annuii ridendo. Cominciò a frugare sotto il banco e tirò fuori una vecchia stampa arrotolata.
«Questa ha 80 anni, così non ne fanno più, altro che la stampa digitale.» La srotolò e apparve la riproduzione perfetta di un dipinto di Renoir. Era rappresentata una scena di danza campestre, una ragazza con un gran cappello rosso ballava insieme ad un uomo robusto con una

barba folta.
«Guarda la donna. È viva, molto più di tante ragazze che conosco...»
Avvicinò i suoi occhi ai miei.
«E tu lo sei?» Abbassai la testa e mi sentii improvvisamente triste.
«In questo periodo ho molto da lavorare.»
Allungò il braccio sulle mie spalle.
«L'ha comprata! La stampa. Me ne erano rimaste solo due copie, una è questa, l'altra l'ha portata via lui.»
«È scomparso, non dà sue notizie da un mese ormai. E nessuno sa dove sia.»
Mi strinse verso sé con dolcezza.
«Speravo che tu potessi aiutarmi, che sapessi qualcosa.»
«Allora gli vuoi ancora bene.»
Mi scansai da lei.
«Sto scrivendo un articolo sulla sua scomparsa.»
Mi fissò senza parlare.
«E poi vorrei ritrovarlo...»
Mi prese un magone che mi costrinse a smettere di parlare.
«Quella mattina era felice, per la stampa, diceva che i due danzatori di Renoir gli ricordavano i suoi nonni. poi sono venuti i due zingari...»
«Gli zingari! Sono loro la causa di tutto!»
«Agnese e Stefan. Sono miei amici.»
«Amici?»
«C'era la fiera degli antiquari quella mattina e la strada, nonostante l'arietta fresca, si era riempita di gente. Aveva già comprato la stampa e stava sfogliandone altre quando abbiamo sentito il suono di un violino.»

Mi asciugai gli occhi e presi dalla borsa il mio taccuino.
«Stefan è piccolo e timido, in mezzo a tutte quelle persone rischiava di essere travolto. Si appoggiò alla ringhiera del naviglio e continuò a suonare, meglio dei professionisti del Conservatorio.
La gente gli passava davanti come se lui non ci fosse. Finché un tizio, con uno spintone, gli fece perdere l'equilibrio. Fortunato lo prese prima che cadesse, così si sono conosciuti.»
Si interruppe un attimo per guardare la mia reazione, ma io ero a testa bassa, scrivevo tutto quello che Chiara raccontava, nascondendo le emozioni. Ne provavo troppe per poterle mostrare.
«La situazione mutò quando apparve Agnese. Con quei suoi capelli lunghi e lisci e quegli occhi da pantera che non c'è uomo che non ne rimanga incantato. Stefan cambiò melodia, ora sembrava d'essere in un film di Kusturica. Agnese faceva roteare le pieghe della sua gonna al ritmo della musica e anche Stefan danzava, senza sbagliare una nota.
Finalmente la gente si accorse di loro, formando un cerchio intorno mentre la danza e la musica proseguivano incalzanti. Fortunato si era messo in prima fila e non distolse lo sguardo dalla ragazza nemmeno per un attimo.
Terminata la canzone, Agnese fece il giro dei presenti con un bicchiere vuoto di coca cola per le offerte. Quasi istantaneamente il cerchio si ruppe e tutto tornò caotico come prima. Fortunato fu certamente generoso perché la donna lo ringraziò lungamente. Poi ballerina e suonatore sparirono tra la folla. Fortunato cercò di seguirli e questa volta fu lui a subire uno spintone e ad essere soccorso da Ste-

fan.»
Chiara tornò alle sue stampe e cambiò il tono della voce.
«È ritornato alla bancarella e lì si è accorto che non aveva più né il portafoglio né il telefonino.»
«Il violinista!»
«O chiunque altro. È stato urtato da un sacco di persone.»
Queste ultime parole suonarono come un rimprovero. E anche come la conclusione del nostro incontro.
«Hai idea di dove potrei trovarli?»
«Compaiono e scompaiono, senza lasciare tracce.»
L'abbracciai forte e non riuscii a trattenere una lacrima.
«Rintraccialo! E sposalo che gli vuoi ancora bene!»
Feci no con la testa e scappai via per non scoppiare a piangere.

Di come una mattina incontrai un cow-boy in treno e dell'avventura che vissi con lui sui binari della ferrovia

Quel giorno ero di turno di prima mattina e quando mi alzai era ancora buio. Il treno era curiosamente in orario e io mi rammaricai che in ufficio per almeno due ore ci sarei rimasta da sola e nessuno avrebbe potuto riferire al caporedattore della mia puntualità.
Durante il viaggio nel sedile di fianco al mio, una ragazza si truccava; in una mano teneva lo specchietto e nell'altra il pennellino del rimmel, sulle ginocchia aveva una borsetta con tutti gli ingredienti utili per cancellare dalla faccia i segni del sonno interrotto. Nella fila davanti un giovane cinese dormicchiava, occupando due posti. Il treno per un paio di fermate rimaneva mezzo vuoto e ognuno aveva il tempo per concludere colazione, toilette e ultima dormita, sospesi troppo frettolosamente.
La situazione si trasformò completamente alla fermata successiva quando un'ondata di persone salì sul treno. Un donnone irruppe sulla carrozza e senza tanti complimenti scosse il cinese che, senza dir niente, si tirò su e si accucciò contro il finestrino, riprendendo a dormire. La ragazza si diede un'ultima occhiata nello specchietto, poi lo mise via, chiuse la borsetta e si mise ad armeggiare sul telefonino.
Di fronte a me prese posto un uomo di un'età che non riuscii a definire. Portava una folta barba rossa con

qualche pelo bianco e una camicia scozzese sotto al giaccone. Tirò fuori da una cartella di cuoio consumata un Tex, incrociò i miei occhi e mi sorrise; io risposi con un cenno delle labbra e mi infilai gli auricolari. Lui abbassò il capo sul fumetto.
Alla fermata successiva il treno si fermò e non ripartì più. Un sole fantasma filtrava dalla foschia del mattino invernale. In quella piccola stazione sembrava non ci fosse un ferroviere.
Ci misi poco a dare in escandescenze. Mi alzai e mi risedetti quattro o cinque volte imprecando prima a mezza voce, poi sempre più forte contro le ferrovie che ci avevano abbandonato. Il cinese aveva riconquistato l'intera sua postazione ma ormai non aveva più sonno e scrutava dal finestrino i binari deserti.
«È una vergogna! Una vergogna! Almeno dicessero qualcosa quei...»
Diedi un calcio involontario al mio dirimpettaio che alzò un occhio e annuii con la testa, mentre con l'altro occhio cavalcava tra le rocce dell'Arizona .
Dopo altri dieci minuti e una scena di isteria che aveva attirato l'attenzione di tutta la fauna del vagone, mi accasciai esausta nel mio posto. Un altoparlante ruppe il silenzio della stazione, annunciò il passaggio di un rapido sul binario di fianco, invitando tutti ad allontanarsi. L'uomo con la barba rossa sbuffò, fece una piccola piega nella pagina che stava leggendo e chiuse il Tex. Mi fissò per un istante. Poi si alzò, prese la sua roba, scese dal treno e andò a sedersi sulle traversine del binario dove sarebbe passato il rapido. Riprese il suo giornaletto e restò nel West.

Assistetti alla scena dal finestrino e all'istante la rabbia si trasformò in energia irrefrenabile. Balzai in piedi, invitai la ragazza e il cinese a seguirmi senza ottenere risposte e in un attimo fui davanti all'uomo sul binario.
«Mi chiamo Barbara.»
«Francesco.»
Mi allungò la mano mentre da lontano si sentiva il fischio del treno.
Fu un attimo, strinsi la sua mano e chiusi gli occhi. Quando li riaprii il rapido borbottava fumante, fermo a cinque metri da noi.
Feci un grande sospiro e istintivamente abbracciai l'uomo. In pochi secondi un flusso umano abbandonò il nostro treno ed occupò quello che io e il cowboy avevamo conquistato.
Salimmo per ultimi. Trovammo da sederci sui seggiolini davanti alle porte del vagone. Ero un fiume in piena e cominciai a parlare di me fino a dirgli che ero una free lance sfigata, ma che ora stavo indagando sulla scomparsa di un uomo. Lui ascoltava mentre sbirciava con la coda dell'occhio il Tex.
«Non ne posso più di incidenti stradali, di scippi e di vecchi, se mi va bene spero che mi assumeranno.»
«Forse è partito per un viaggio.»
«È quello che pensa anche suo padre, ma è già quasi un mese che non dà notizie e poi...»
Il mio umore cambiò di colpo.
«Quando venne da me ero risentita e non ho voluto ascoltarlo. Ora voglio scoprire la verità.»
Scandii quest'ultima parola, ma lui non si scompose.
«Non sempre vale la pena conoscerla.»

Si accarezzò la barba e restò un po' a pensare, poi riprese.
«Comunque non ho mai sentito di zingari che organizzino rapimenti. Forse ha visto qualcosa che non doveva vedere...»
«Te l'ho detto, non ho voluto ascoltare la sua storia! E d'allora è sparito!»
Mi diedi una sberla, lui mi abbassò la mano.
«I due zingari li hai cercati?»
«E dove li trovo? Magari sono nomadi e se ne sono andati chissà dove.»
«Sono nomadi solo quando li costringono ad esserlo.»
Mise il Tex nella borsa e si fece serio.
«Nell'ultima telefonata mi stava accennando ad un campo. Ma io non l'ho lasciato parlare ed ora non so dove sia.»
«Posso chiedere una dritta ad un mio amico poliziotto.»
Feci un balzo, non mi sembrava un tipo che potesse vantare amici nelle forze dell'ordine. Lui mi lesse nel pensiero.
«È un amico dei tempi della rivoluzione. E poi, quando si bloccano i treni di prima mattina, bisogna prepararsi che prima o poi si finisce tra le grinfie di qualche sbirro.»
«Ah! E quei bastardi delle ferrovie non vengono arrestati per attentato alla sanità mentale dei clienti?»
«Si chiama Antonio, abbiamo vissuto un sacco di avventure insieme, anche se su sponde opposte. Se può aiutarti lo farà.»
Il treno si fermò, eravamo giunti all'ultima fermata. Mi tornò l'angoscia. Avevo già accumulato tre quarti d'ora buoni di ritardo e mi aspettava ancora una viaggio in metropolitana. Presi la mia roba e mi affrettai a scendere.

Francesco mi appoggiò una mano sulla spalla. Gliela spostai lentamente, lo baciai sulla guancia e gli lasciai tra le dita un mio biglietto da visita. Poi corsi verso la stazione della metropolitana.

Del mio primo incontro con il poliziotto e di come non mi chiarì su quello che era veramente successo a Fortunato

Francesco fu di parola. Quattro giorni dopo eravamo insieme nel commissariato di via ***. Era vestito come quando l'avevo incontrato sul treno, compresa la vecchia borsa di cuoio.

L'amico di Francesco era altissimo, due braccia lunghe come tentacoli, la schiena piegata in avanti e lo sguardo dritto puntato su di noi. Portava jeans sbiaditi e un piccolo orecchino sull'orecchio destro.

Ci condusse in un piccolo ufficio senza finestre e con i muri spogli e ingrigiti dal fumo di sigaretta.

All'unica scrivania con il capo chino stava un altro poliziotto in borghese. Tozzo, in maniche di camicia, con una grossa pancia e dei pantaloni tenuti da due bretellone. Era calvo, con due grandi baffi e portava occhiali con una montatura nera e lenti spesse. Mi fece segno di accomodarmi senza alzare lo sguardo.

Francesco tirò fuori dallo zaino un pacco di giornaletti e li mostrò al poliziotto alto. Quello si piegò ancora di più e allungò le dita affusolate come artigli.

«Lasciaci soli» gli disse il grasso e i due furono ben felici di uscire.

Rimanemmo in silenzio. Il poliziotto mi scrutò da capo a piedi con la coda dell'occhio senza mai incrociare il mio sguardo. Mi sentivo a disagio e per un attimo pensai di lasciar perdere e di andarmene. Ma allontanai subito il

pensiero, quell'inchiesta era troppo importante.
Feci un respiro profondo.
«Conoscevo quel ragazzo da molti anni ed è sparito da più di un mese...»
Alzò la testa verso di me e la riabbassò subito.
«La manda la sua amica?»
«Amica?»
«Non la conosce? Meglio così.»
Fece il suo primo sorriso da quando ero entrata e io ripresi a parlare senza prendere fiato.
Mi interruppe con un gesto della mano.
«Ci beviamo un bel caffè?»
Risposi sì con la testa. Lui si alzò in piedi.
«Un medico italiano. Non siamo riusciti a fargli dire altro.»
Lasciò in sospeso la frase e andò alla porta dell'ufficio. Rientrò subito.
«Il caffè arriva subito.»
Sprofondò nella sua poltrona e questa volta mi guardò negli occhi.
«Come potevamo credergli? Il colore della sua pelle lo smentiva. E quell'accento... Discendeva da una famiglia unna... O gotica... Non mi ricordo esattamente, ma è scritto negli atti.»
«Cimbra.»
Si tirò su di scatto e gli partì una bretella.
«È una comunità che parla un dialetto di origine tedesca che vive in certe zone del Veneto e del Trentino. È italianissimo...»
Anche questa volta non mi lasciò concludere la frase.
«Era senza documenti.»

Si protese verso di me.
«Un marocchino senza documenti, in questi tempi...»
«Ita...italiano...»
Si sistemò la bretella, poi riprese con un tono di voce più basso.
«Aveva una patente, è vero, almeno quella ce l'aveva»
Sprofondò nella poltrona.
«Ma era del tipo vecchio, con una foto in cui sembrava un bambino.»
Saltò su di nuovo verso di me.
«Ha idea quante patenti vengono falsificate?»
Feci no con la testa e lui mi fece un gesto che significava *tantissime* .
«Disse che era l'unico documento che gli era rimasto. Gli avevano rubato tutto: documenti soldi e telefonino, alla fiera del Naviglio. Ma aveva salvato la patente perché era rimasta nell'auto. Non lo trova strano?»
Feci ancora segno di no.
«*Lei è di origine mediorientale?* Gli ho sparato a bruciapelo. Lui era sempre più agitato. Mi ha messo sotto gli occhi la patente. *Sono nato a Vicenza, legga qua.*»
«Era la verità. Perché non credergli?»
Mi guardò con un sorrisino di compatimento.
«Guardavo la foto, poi guardavo lui, poi ancora la foto e non mi convinceva, nossignora.»
«Suo padre è un medico famoso del ***»
Lo dissi come se stessi facendo una grande rivelazione ma quello non si mosse nemmeno.
«Si, così diceva. Però, guarda caso, questo padre famoso non rispondeva al telefono.»
«Forse aveva un'operazione in corso.»

«Di domenica?»
Rimasi perplessa e l'uomo si compiacque con se stesso.
«Non ci diceva tutto, cara signorina.
Avevo chiesto ad Antonio, quello alto che ha visto quando è entrata, di fare una ricerca con il computer. Per questo tiravo per le lunghe l'interrogatorio.»
Lo fissavo incredula. La rabbia che mi covava dentro stava per prevalere sulla timidezza.
«È il nostro lavoro, signorina, esercitato con rispetto, beninteso. Facevo le domande, ma anche lo rassicuravo. *Mi aiuti ad aiutarla* gli dicevo. Poi...»
In quel momento entrò un ragazzo con i caffè. Lui prese il suo e bevve un sorso.
«Fu allora che arrivò la pazza.»
Bevve un altro sorso.
«Tutta in rosso, con una gonna microscopica e uno strappo davanti.»
Una goccia di sudore gli scese dalla faccia e d'istinto mi coprii le gambe con il cappotto.
Finì il caffè.
«Con Antonio dietro che cercava di fermarla.»
Fremevo, oltretutto il mio tempo stava finendo e quello si perdeva nei dettagli.
«Diceva di essere la sua fidanzata.»
«Si chiama Giulia.»
«Allora la conosce!»
«Un tempo. Ora può arrivare al dunque? Devo tornare in ufficio.»
«Ha fatto il diavolo a quattro, ha minacciato di avvocati e di giornalisti.»
Mi guardò e sorrise.

«Di quelli cattivi, sempre pronti a criticare la polizia.»
Riprese la tazzina, ma era vuota e la riappoggiò.
«Li ho lasciati andare, anche perché Antonio non aveva trovato niente. Quando erano già sulla porta l'ho richiamato indietro. Ha fatto un sobbalzo, come qualcuno scoperto a rubare.»
«Ma è proprio una fissazione!»
Si avvicinò, squadrandomi.
«Solo un lavoro, signorina.»
Tornò a sprofondare nella poltrona.
«Sono tempi molto duri.»
Si asciugò la faccia con un fazzoletto, io mi alzai e m'infilai il cappotto.
«Avevamo fermato degli zingari, proprio vicino al naviglio.»
Tornai a sedermi.
«*Abbiamo appena fermato degli irregolari, magari riconosce i suoi ladri* gli ho detto, ma il suo amico sembrava avesse solo voglia di andarsene al più presto. È stata la pazza a spingerlo indietro.»
Mi aprì la porta come per congedarmi.
«E li ha riconosciuti?»
«Li ha osservati e ha detto di no.»
Lo guardai perplessa.
«Ripeto, ha detto di no, non li ha riconosciuti. Il suo amico era un tipo strambo.»
Fui presa da un fortissimo senso d' inquietudine.
«Ne sta parlando al passato...»
«Non faccia caso al mio linguaggio, non si preoccupi troppo, lei è una giornalista promettente.»
«Pubblicist..»

«Arrivederci signorina.»
Antonio si avvicinò e mi accompagnò all'uscita dove Francesco, appoggiato al muro, mi aspettava immerso in un fumetto.
Il poliziotto grasso apparve sulla porta.
«Ho letto quel suo articolo sugli zingari, signorina.»
Feci un balzo.
«Scrive bene, continui così.»
Rientrò, noi ce ne andammo con passo veloce.

Di un articolo mercenario e di un incontro rivelatore in metropolitana con un bimbo rom

I soliti noti si sono rifatti vivi. La Signora GD, 82 anni, vedova, abitante in Via ****, ieri alle 10,30 è scesa come al solito nella panetteria sotto casa. Non si è assentata più di quindici minuti. Tornata a casa si è subito insospettita. La porta era socchiusa, nonostante la signora fosse ben sicura di averla chiusa a chiave. I suoi sospetti si sono purtroppo subito trasformati in amara realtà. Nell'appartamento mancavano gioielli per un valore di oltre 5000 €. Rubati anche la fede nuziale e il vecchio orologio del marito defunto, che la donna aveva ben nascosto nel cassetto della biancheria. A GD non è rimasto altro che rivolgersi ai carabinieri.

Da oltre due mesi si registra un aumento di furti negli appartamenti in pieno giorno in tutta la zona ****

Molti abitanti del quartiere fanno notare la concomitante crescita della presenza di nomadi che praticano accattonaggio ai semafori. Nei giorni scorsi sono pervenute al giornale denunce sulla crescente presenza anche di bambini.

La coincidenza non è sfuggita nemmeno ai carabinieri che questa mattina hanno fermato tre uomini e due donne di origine rumena. Quattro dei cinque fermati erano privi di documenti. I carabinieri li hanno trattenuti in attesa di accertamenti. I sospetti nei loro confronti riguardano il furto e lo sfruttamento di minori. Probabile la loro espulsione dall'Italia già nei prossimi giorni.

L'intervento dei carabinieri è stato accolto con un sospiro di sollievo dai commercianti del quartiere, preoccupati per lo stillicidio di piccoli furti a cui sono sottoposti, spesso per responsabilità di minorenni non perseguibili dalle forze dell'ordine.

«Non abbiamo alcun pregiudizio verso i lavoratori stranieri» tiene a precisare Carlo Giudici, Direttore dell'Unione del Commercio locale. Ricorda che molti di essi si sono ben integrati nel quartiere e lavorano nei negozi loro associati.

«Ma la presenza di nomadi, senza fissa dimora e senza lavoro e la crescita di episodi di piccola criminalità fanno crescere l'esasperazione! Questa zona è sempre stata tranquilla ed ora registriamo furti dai banchi ogni giorno!»

In un suo comunicato l'Unione del Commercio chiede alle forze dell'ordine un più forte impegno repressivo a tutela delle imprese e dei cittadini onesti, impegno che oggi ha dato i suoi primi risultati.

Rilessi l'articolo un'altra volta e ne provai disgusto. Per pochi euro dovevo scrivere secondo le indicazioni del caporedattore. Avevo proposto un'inchiesta nel campo nomadi adiacente al quartiere ma come unica risposta avevo ottenuto un «Non butti via il suo tempo.»

Mi sentii turbata e molto insoddisfatta di me. Avevo ancora in mente le ultime parole del poliziotto nell'incontro

del giorno precedente. Aveva letto il mio articolo che doveva ancora essere pubblicato. Quante altre cose conosceva di Fortunato e di me?
Francesco come sempre si era limitato ad una battuta:
«Non ti stupire, è uno sbirro, e quelli la sanno sempre lunga.»
La mia inchiesta era al punto di partenza. Giulia in quei giorni confermò la versione del poliziotto sull'incontro in commissariato. Era convinta che Fortunato avesse riconosciuto gli zingari, nonostante affermasse il contrario.
«Quella bastarda l'aveva stregato.»
Ero convinta che i due zingari fossero il punto chiave della storia, ma non avevo idea di come rintracciarli. Il pancione ne sapeva senz'altro di più ma mi aveva raccontato solo quello che aveva voluto. E anche l'altro poliziotto non aveva risposto alle domande di Francesco.
La metropolitana era affollatissima e vari discorsi incrociati interrompevano la mia concentrazione. Torturavo il mio taccuino su cui ogni tanto annotavo alcune idee per poi cancellarle rabbiosa e tornare all'articolo. Al capo era piaciuto, a me faceva vomitare.

Passate le fermate del centro, nel vagone eravamo rimasti in pochi. Il mio pensiero tornava continuamente all'incontro in commissariato quando fu distolto dalla musica di un violino. Ben suonato, una musica trascinante, credo balcanica. Il suonatore era un uomo minuto, con la barba da fare, una berretta di lana e un giubbotto senza maniche indossato su una vecchia camicia. Suonava con il violino appoggiato alla testa, e gli occhi concentrati nella

musica.
Con lui c'era un bimbo che a malapena gli arrivava alla vita, manteneva gli occhi sgranati e attenti a tutto quello che avveniva sul vagone e lo accompagnava con il tamburello. Mi parve emozionato ma chiaramente contento di poter suonare con suo padre. Terminato il motivo l'uomo, con accento slavo, pronunciò la frase di rito.
«Siamo una famiglia povera aiutateci a comprare da mangiare...»
Nel metrò ognuno proseguiva con le sue occupazioni evitando con cura lo sguardo dell'uomo. Al piccolo, durante la musica, non era sfuggito il gesto di un giovane e gli si avvicinò con un bicchiere della coca cola in cui il ragazzo mise delle monete. Il bimbo guardò il piccolo tesoro e, orgoglioso, tornò dal padre, che aveva ripreso a suonare, questa volta per puro piacere.
Mentre la metro stava per fermarsi, allungai anch'io una moneta. Il bimbo la prese prontamente e l'uomo mi ringraziò. Non corrispondeva alla descrizione del violinista che mi aveva fatto Chiara, tuttavia quando li vidi scendere istintivamente li seguii.
I due stavano per salire sul vagone successivo. Il bimbo mi vide e si girò, forse si aspettava un'altra moneta o una caramella. Il padre lo strattonò, allora io presi il bambino per una mano costringendo l'uomo a fermarsi. Mi fissò, mentre la metro ripartiva alla sue spalle.
«Solo un attimo per favore.» Imbarazzata cominciai ad armeggiare nella borsa mentre l'uomo aveva ripreso stretto il bambino e mi guardava preoccupato. Finalmente trovai la foto di Fortunato e gliela mostrai.
«Sto cercando quest'uomo.»

Fece un passo indietro e scosse il capo. Tirò il bimbo per impedirgli di guardare la fotografia e si avviò di fretta verso la scala mobile.
«Aspetti!»
Allungai la mano verso il piccolo per fermarli, allora l'uomo iniziò a correre trascinando il bambino.
Lo inseguii fino al piano di sopra.
«Voglio solo parlarle, si fermi.»
La stazione era buia e deserta, vidi le loro ombre, arrampicarsi verso le scale d'uscita.
Li avrei persi ma invece furono costretti a fermarsi, davanti a due poliziotti.
Mi sentii qualcuno alle spalle, sobbalzai.
«Come vede, il suo articolo ha fatto breccia.»
Il poliziotto grasso sbucò alle mie spalle.
«Sfruttare i bambini è una cosa deplorevole, non crede?»
«Forse sa qualcosa di Fortunato, quando gli ho mostrato la sua fotografia è scappato via.»
Fece un risolino. Uno dei poliziotti allontanò il bambino dal padre. Il piccolo lanciò un urlo, il padre allungò il braccio fino al limite di staccarlo dal corpo, ma la sua mano riuscì solo a sfiorare per un attimo quella del bimbo.
Il pancione mi fece un inchino e si avvicinò agli altri due con il violinista. Si allontanarono in fretta.

Sedevo sola su una panca ad aspettare la metropolitana. Tirai fuori dalla borsa il giornale e diedi un'ennesima occhiata all'articolo. Lo accartocciai e lo gettai in un cestino dei rifiuti.

Di come andai di notte alla ricerca di un campo rom trovando invece dei malintenzionati pronti a farmi la pelle

Quella sera era molto tardi, avevo fatto il turno del pomeriggio ed ero stanchissima. Il vagone era quasi vuoto, era più sporco del solito e i sedili sudici emanavano una puzza terribile. Due file avanti un cingalese sonnecchiava a bocca aperta e non riuscivo ad allontanare il pensiero che qualcuno come lui in altre notti doveva aver pisciato sul sedile dove ora ero seduta. Doveva averlo fatto più volte fino a che l'odore si era impregnato nella stoffa della poltrona e nessun detersivo avrebbe potuto toglierlo.
Forse era stato uno zingaro? Ripensai al bimbo del metro. Il suo abbigliamento era modesto ma pulito e anche lui lo era, come i bambini che la mattina vedevo condotti dai genitori in auto fino ai gradini della scuola.
Era felice di essere lì a suonare con suo padre e quando i poliziotti glielo avevano strappato via erano entrambi terrorizzati. Avrei potuto ricavarne un articolo un po' più decente del precedente? Si, un articolo che il caporedattore non avrebbe mai fatto uscire.
Con questo ultimo pensiero mi addormentai.
Il sonno durò poco, una voce improvvisa mi fece sobbalzare.
«Ho trovato il campo.»
Davanti a me c'era Francesco, con il suo immancabile abbigliamento, completato da un cappellone in cuoio.
«Il campo rom, ho buone informazioni che mi sono costa-

te un Tex originale del '66.»
Si tolse il cappello e lo appoggiò sul sedile di fianco.
«Gli sbirri non ti danno mai niente per niente.»
Prese dallo zaino un quaderno e lo aprì su una mappa disegnata a matita.
«È un vecchio campo che negli ultimi mesi si è molto ingrandito. Si trova in periferia, ai confini con il quartiere dove ci sono stati quei furti di cui ha parlato il tuo giornale.»
Mi mostrò sulla mappa il punto dove si trovava il campo nomadi.
«Chi è il razzista che ha scritto quell'articolo?»
Abbassai la testa senza rispondere, lui scoppiò a ridere. Mise in bocca un sigaro senza accenderlo e rimase fisso a guardarmi.
Ci fissammo un appuntamento per il giorno dopo alle 18 in uno spiazzo nei pressi del campo, in una grande zona industriale abbandonata. Nei capannoni dismessi avevano trovato rifugio stranieri di varie nazionalità. Dopo due sgomberi, la maggior parte se n'era andata, erano rimasti solo i rom che occupavano con baracche e roulottes uno spiazzo periferico un tempo utilizzato come deposito. Circondato dai capannoni era invisibile dall'esterno, se non dall'alto degli ultimi piani dei casermoni che sovrastavano sullo sfondo.
«Benvenuta nella ghost town!»
Francesco apparve a cavallo di un vecchia Gilera, con il cappellone di cuoio in testa e il sigaro spento tra i denti.
La zona era deserta, eppure mi sentii mille sguardi addosso. Montai in fretta sulla Gilera e mi strinsi al torace del mio amico cowboy.

Ci inoltrammo in una strada stretta e buia che sfociava nel prato dove iniziava il campo.
Nella nostra stessa direzione una ragazza e un bambino procedevano con passo veloce. I fari della moto li illuminarono. Lei aveva lunghi capelli neri che le scendevano fino ai fianchi e una gonna ampia che scopriva appena le caviglie. Teneva il bimbo ben saldo per la mano. Sentendoci arrivare si accostò al muro per evitare le luci ed aumentò l'andatura.
«Mi sembra il bambino della metropolitana!» Gridai nelle orecchie di Francesco.
Andammo verso di loro, allora lei cominciò a correre, trascinando il piccolo.
In quel momento si accesero i fari di un'altra moto che era ferma nel lato opposto della strada. Partì con un rombo e si bloccò in orizzontale di fronte a noi e alla zingara.
Francesco sbandò per bloccare la Gilera che si piegò sulla destra e io mi ritrovai a terra.
La ragazza con uno scatto cercò di tornare indietro ma la moto si curvò di lato per impedirle di passare. Uno dei due uomini, tutto in nero, compreso il casco integrale, l'afferrò per un braccio.
Francesco si diresse verso di loro ma il secondo uomo lo stese con un pugno. Restò a terra immobile mentre la Gilera andava a sbattere contro il muro della fabbrica.
Il primo dei due strappò il bimbo dalle mani della zingara, poi la prese per i capelli e la tirò violentemente verso il muro. L'altro, dopo aver atterrato Francesco, si diresse verso di me che ero ancora a terra. Indossava guanti, in uno c'era qualcosa di ferro, mi tirò su con una risata.

Spinse anche a me contro il muro.
Il bimbo corse velocissimo verso il campo. Correva, correva, correva, quando i fari di una grossa auto lo accecarono.
Dalla vettura uscì un altro uomo in nero che lo sollevò come un sacco e lo gettò nell'auto.
Il primo uomo slacciò la camicia della zingara, mentre con l'altra mano le copriva la bocca. Il mio aggressore continuava a ridere, puzzava di birra e di marijuana, con una mano mi spingeva contro il muro, con l'altra mi frugava dentro il maglione.
«Sei un'amica di quella puttana? Ora ci divertiamo e poi mi racconti tutto.»
Mise in bella evidenza il guanto col pugno di ferro e io mi sentii già morta, ma in quel momento vidi Francesco che, ancora barcollante, si era alzato in piedi ed avanzava verso di noi. In una mano teneva una grossa pietra. I due gli davano le spalle e si accorsero troppo tardi di lui. Colpì con forza sulla schiena il mio aguzzino che stramazzò a terra. L'altro fece un passo indietro e la zingara gli sgusciò via e si mise a correre come una forsennata verso il campo. L'uomo dell'auto le si mise di fronte maneggiando una grossa barra di ferro.
Il primo uomo in nero era immobile di fronte a Francesco. Nelle sue mani luccicò un coltello.
Francesco evitò la lama per un soffio e lo colpì con un calcio nel basso ventre. L'altro si piegò per il dolore ma teneva ben saldo il coltello.
Tremavo dalla paura ma ebbi la forza di strappare il guanto del mio aggressore a terra e di prendergli il pugno di ferro.
Lo usai come un martello per colpire la schiena dell'uomo

armato il coltello. Perse l'equilibrio, Francesco con un calcio gli fece volare l'arma. Poi gli strappò il casco e gli mollò un pugno sulla faccia.
L'auto sgommò e si diresse verso di noi con gli abbaglianti accesi. Risuonò un colpo di pistola. La pallottola si conficcò nel muro, a pochi centimetri da me.
Pensai alla donna e mi girai nella direzione dove l'avevo vista scappare.
L'uomo dell'auto, prima di fuggire, l'aveva colpita con la sbarra, ma si stava già alzando. I nostri sguardi si incrociarono nel buio, poi si mise a correre verso la direzione del campo. Ero esausta e non provai nemmeno a fermarla.
Francesco guardò la Gilera e scosse la testa.
«Andata!»
Mimò con le dita un colpo di grazia alla moto e mi fece segno di seguirlo.
«Prenderemo la circonvallazione.»
«Il bambino! Lo hanno portato via!»
«Per ora non possiamo farci niente. Dobbiamo andare, prima che quelli si sveglino.»
Mi abbracciò e mi tirò via. Finalmente riuscii a liberare il pianto.

Di come cercai invano di convincere il pancione ad indagare sul rapimento del piccolo rom e di come presi la decisione di cercarlo personalmente

«Mi hanno sparato! Non le sembra una ragione sufficiente per indagare?»
«La pallottola si è conficcata nel muro a tre metri d'altezza. Era solo un colpo d'avvertimento.»
Il pancione se ne stava stravaccato nella sua poltrona, con la sigaretta accesa in bocca e lo sguardo basso che ogni tanto mi scrutava, ma senza mai darlo a vedere.
«Mi sta dicendo che per farvi intervenire avrebbe dovuto ammazzarmi?»
Battei un pugno sul tavolo, lui sobbalzò, ma tornò subito nella posizione precedente.
«E del bambino cosa mi dice? Lo hanno rapito!»
«Signorina, sono cose da zingari!»
Spense la sigaretta nel portacenere e si alzò. Aprì una finestra.
«C'è troppo fumo in questa stanza?»
Mi si avvicinò da dietro, costringendomi a girare la faccia.
«È un brutto vizio, lo so, ma non riesco a smettere.»
Stavo per scoppiare, lui tornò a sedersi davanti a me.
«L'accattonaggio è un business, signorina.»
Appoggiò la sua mano viscida sul mio braccio, io lo ritrassi subito.
«Dovevate proteggerlo, ieri lo avevate sequestrato ai genitori.»
«E la sera lo abbiamo restituito.»

Si tirò su fissandomi.
«Sa quanti ce ne sono? Dove vuole che li mettiamo.»
Tornò a sprofondarsi.
«Questo il suo articolo non lo diceva.»
Schizzai in piedi.
«Era felice di suonare con suo padre. Ora è finito chissà dove, lontano dai genitori.»
Non rispose, si alzò e si accese un'altra sigaretta.
«Ho ripreso da due giorni, maledetto vizio!»
Si girò di lato e liberò una nuvola di fumo.
«Prima o poi lo ritroviamo.»
Fece un'altra boccata, questa volta senza preoccuparsi del fumo che mi veniva addosso.
«A qualche semaforo.»
Emisi un grido.
«Magari zoppo!»
«Magari.»
Mi accasciai sulla sedia.
«Voglio parlare con il magistrato!»
Mi scappò un singhiozzo che coprii con la mano.
«Sarà lui a chiamarla.»
Aprì la porta e aspettò che uscissi.
«Lei ha fatto la denuncia, ora la giustizia farà il suo corso.»
Mi precipitai alla porta e uscii, sentendo la scia della sua voce.
«I miei ossequi, signorina.»

Spalancai l'ufficio di Antonio. Stavano parlando di giornaletti.
«Io me ne vado!»

«Ti raggiungo.»
Francesco si rivolse al suo amico poliziotto.
«Abbiamo finito con l'interrogatorio, no?»
«Hai passato l'esame in Tex Willer story? Io ho altro da fare.»
Gridai che ero già in fondo al corridoio. Vidi il pancione che mi spiava dalla porta socchiusa del suo ufficio, gli lanciai un'occhiata di odio e mi precipitai fuori dal commissariato.
Ero di nuovo in strada sotto una pioggerellina gelata che non fece che peggiorare il mio stato d'animo.
Costeggiando il muro mi diressi veloce verso la metropolitana. Francesco mi raggiunse correndo. Non lo degnai di uno sguardo e affrettai il passo. Allungò una mano sui miei fianchi, gliela allontanai.
In pochi giorni Francesco era diventato il mio compagno abituale. Non avevo avuto il tempo di riflettere sul nostro rapporto. Ripensavo a quando lo avevo conosciuto, quando insieme avevamo sfidato l'intera ferrovia. E al giorno prima, quando l'avevo visto cadere colpito dal delinquente che mi aveva aggredito. Pochi istanti che avevano cementato il nostro rapporto. Eppure in altri momenti mi annoiava. Mi affiancava come un cagnolino e ogni giorno diventava più gentile. Non sopportavo quell'eccesso di gentilezza e nemmeno le prosopopee sulle sue rivolte giovanili. Quando lo interrompevo si bloccava e passava dalla logorrea al mutismo e mai le due cose erano in sincronia con i miei desideri.
E quando lo vedevo così mi sembrava anche più vecchio.
Mi bloccai davanti all'ingresso della stazione della metropolitana.

«Io torno a casa.»
«Ti accompagno.»
«Non ho bisogno di tutori.»
Ritrassi la guancia mentre tentava di baciarmi e mi allontanai.
Scesi nella stazione in una fiumana di persone, ognuna sola nei suoi pensieri. All'ingresso un cingalese aveva allestito un banchetto di ombrelli. Nel centro dell'ampio atrio, protetti da grandi colonne, un gruppetto di ragazzi peruviani imparava a ballare con l'ausilio di un hi-fi portatile e di un insegnante, appena più grande, che scandiva il tempo e mostrava i passi.
Un uomo mi urtò violentemente con la ventiquattrore, si scusò senza rallentare. Questo genere di scontri è frequente e sono gli unici brevi momenti in cui le persone entrano in contatto.
Riflettevo, in attesa della metropolitana. Un bimbo era stato rapito, forse venduto a sfruttatori senza scrupoli. Avrei voluto gridarlo, ma a chi avrebbe potuto interessare una "cosa da zingari", come l'aveva definita il pancione? Forse sarebbe interessata di più la scomparsa di un giovane facoltoso? E se poi avesse avuto ragione suo padre? Ovvero che la sparizione dipendesse da una banale fuga amorosa, lontano da una fidanzata sclerotica?
Accovacciata nel posto che mi ero conquistata, stretta tra una filippina e il poggiamano di metallo ero in preda ad un disfattismo cosmico ad avrei voluto Francesco vicino.
Fui distratta da un suono che si avvicinava lento, un suono tremolante di armonica. La suonava un bambino piccolissimo, in una mano lo strumento, nell'altra il bicchiere di coca-cola per le monetine. Al suo fianco una

donna minuta, un viso giovane e già ferito dalla vita. La calca impedì ai due di avvicinarsi alla parte del vagone dove mi trovavo. Dopo pochi soffi, il bimbo smise di suonare e la donna disse la frase di rito. Subito dopo il piccolo, barcollante per gli scossoni della vettura, iniziò la questua, ma non raccolse nulla, non un soldo, non uno sguardo, solo qualche spintone.
Alla fermata scesero in molti e si liberarono dei posti a sedere vicini al mio. Il bimbo e la donna si sedettero al mio fianco, io sorrisi al piccolo e gli allungai una moneta. La madre lo invitò a ringraziare e lui, dopo un grande sorriso, mi si mise davanti e cominciò a suonare solo per me.
Scesero alla fermata successiva. Li salutai con la mano e mi dissi che se anche la cosa non interessava nessuno, avrei ritrovato il bambino rapito, a costo di passare tutti i semafori della città.

Del mio incontro con la piccola Vera e del nostro viaggio in una periferia dell'inferno

Trovai la traccia che cercavo proprio sotto il mio ufficio. Quella mattina era andato tutto bene al punto che ero inquieta, presagendo una catastrofe imminente. Facevo il primo turno e il treno era in orario. E lo restò per tutto il viaggio, senza il bisogno di occupazioni di binario o di altre azioni da film western. L'ufficio per un paio d'ore sarebbe rimasto deserto e non trovai ad attendermi notizie di vecchi asfissiati o di furti in appartamenti. Dormicchiai un po', fino all'ora di apertura del bar dei cinesi, di fronte alla sede del giornale, il primo che apriva la mattina e l'ultimo a chiudere la sera. Feci colazione, cappuccino e pastafrolla serviti da una gentilissima ragazza orientale. Il bar era ancora deserto, a parte un signore distinto tutto concentrato sul videopoker che ogni tanto aggiungeva moneta e bestemmiava tra sé.

Sorseggiai il cappuccino pensando alla mia ricerca. Ero ad un punto morto ma mi sentivo ottimista, sentivo che stava per succedere qualcosa che avrebbe determinato una svolta.

Il pensiero fu interrotto da un fruscio. Alzai gli occhi e li riabbassai subito perché il rumore veniva da una bambina che mi arrivava appena sopra alla cintura.

«Signora, una moneta.»

«Fuoli Zingalella!»

La ragazza cinese perse d'improvviso tutta la sua genti-

lezza, afferrò per la mano la piccola e la trascinò verso l'uscita.
«Aspetti! la lasci qui che non mi disturba..»
Mi guardò male e allentò lentamente la presa. La bimba schizzò via e si rifugiò dietro la mia sedia.
«Vuoi una brioche?» Rispose sì con la testa e un sorriso spaventato. Chiesi alla cinese di portarla, insieme ad un bicchiere di latte caldo. La ragazza obbedì di malavoglia.
Invitai la piccola a sedersi e la guardai mangiare avidamente. Dopo l'ultimo sorso di latte saltò su dalla sedia, mi fece un grande sorriso e si precipitò verso l'uscita. La fermai, prendendola per la mano. Aveva delle treccine nere che le scendevano lungo i fianchi, un maglioncino bisunto e pantaloncini strappati in più punti.
«Come ti chiami?»
«Vera.» Mi abbassai alla sua altezza per guardarla negli occhi.
«Io sono Barbara, non vuoi un'altra brioche?»
Questa volta fece no con la testa e si staccò da me. I suoi occhi erano di nuovo pieni di diffidenza. Avrei voluto mostrarle la foto di Fortunato, ma l'avevo lasciata in ufficio. Mi fece un piccolo inchino e uscì. Le gridai «Ciao.» e la seguii per qualche passo. Scese verso la metropolitana e in un attimo sparì. Pagai la barista e m'incamminai verso l' ufficio. Attraversai la piazza e mentre stavo per entrare nel portone della redazione, ebbi la sensazione che la bambina mi stesse osservando. Mi girai verso la metropolitana, ma non vidi nessuno.
La mattinata passò senza avvenimenti da ricordare. Scrissi e riscrissi un articolo sul bambino scomparso, riempendo il cestino di pezzi lasciati a metà. Come avrei potuto

parlare del bimbo senza raccontare quello che era successo a me e a Francesco? E come avrei giustificato con il caporedattore la mia presenza di notte in una fabbrica dismessa, di fronte ad un campo di zingari? Mi sentivo quasi in colpa per essere stata aggredita e nello stesso tempo provavo rabbia per il mio stato d'animo. E così mi rimettevo alla tastiera, ma dopo poche righe, il foglio raggiungeva i fratellini nel cestino.
Cacciai in malo modo Puccio, entrato in ufficio con un ennesimo pretesto, provai a stendere un'ultima volta l'articolo e infine uscii senza aver completato il pezzo. Il buonumore del mattino era passato ed ero di nuovo arrabbiata per il tempo perso e per l'assenza di un'idea che sbloccasse l'indagine ed anche la mia vita. Scesi veloce la scala della metropolitana, quando sentii una mano sulla gamba. La piccola zingara alzò gli occhi verso i miei e mi sorrise.
«Sei una giornalista?»
«Mi hai spiato!»
La bimba tornò indietro di un gradino e fece un sorriso che era più di una risposta.
La guardai mentre mi guardava e provai una grande tenerezza. Tentò di dire qualcosa, ma le parole non le uscirono.
Lc presi la manina.
«Andiamo insieme al bar e ci mangiamo una pasta?»
Esitò, io risalii le scale, sempre tenendola per mano. La piccola fece resistenza e sussurrò un «No.»
Mi fece segno di fermarmi e mi fissò. Rimanemmo così qualche istante. Sulle scale della stazione del metrò, sfiorate dalla gente di fretta. Improvvisamente si sbloccò.

«Vieni con me?»
«Ora non posso, devo tornare a casa.»
«Sei una giornalista!»
Riprese a scendere, trascinandomi con lei. Era così decisa che la seguii senza fare domande.

Vera passava gran parte del suo tempo in metropolitana ed era abituata agli sguardi furtivi ed ostili di molti passeggeri. Anche se il vagone era quasi vuoto si era seduta nell'ultimo posto in fondo, facendosi ancora più piccola e proteggendosi all'ombra del mio corpo. Occhi malefici dal centro del vagone si spostavano dalla piccola a me e anch'io non riuscivo a nascondere il disagio di quella situazione. Ma non ero per niente pentita. Avevo seguito una bambina sconosciuta e zingara verso una meta che non conoscevo. Solo qualche settimana prima l'avrei considerato da fuori di testa. Ed invece ero lì a sfidare gli sguardi ostili dei passeggeri e, nonostante l'imbarazzo, ero felice di sentirmi stretta a quel corpicino caldo e a quegli occhi che mi avevano catturata.
Una vecchia megera mi scrutò da capo a piedi, guardò la bimba appiccicata a me e fece un cenno di disgusto. Allora io le piantai gli occhi in faccia fino a farle abbassare i suoi. Feci un cenno di intesa alla piccola e scoppiammo a ridere. Avevo superato le Colonne d'Ercole del buon senso, ora era il momento della scoperta.
Il viaggio fu lungo: metropolitana, tram e poi stipate in un pullman che portava in periferia. Dopo una fila di casermoni di case popolari qualche timido prato si alternava a caseggiati fatiscenti e ad alcuni diroccati.
L'autobus fece capolinea in una piccola piazza senza un

lampione. L'erba spuntava dall'asfalto consumato. Sullo sfondo la sagoma di grattacieli indicava il punto di confine con la città tecnologica che avanzava e che a breve avrebbe cancellato queste ultime brutture di periferia.
Scendemmo veloci e la bimba mi tirò verso una stradina che costeggiava un campo con l'erba alta. Intorno non c'era anima viva e cominciai ad aver paura.
«Dove stiamo andando? Non hai paura di tutto questo buio?»
Per tutta risposta la bimba accelerò il passo, sempre tirandomi per la mano. Dopo il campo vi era un caseggiato diroccato, apparentemente abbandonato. Tre piani di tapparelle di legno che potevano cadere da un momento all'altro e un portone chiuso che sbarrava l'ingresso. Faceva angolo con un vicolo strettissimo e nero per il buio. Sentii un brivido alla schiena quando la bimba si infilò dentro, portandomi con lei. Feci un po' di resistenza, ma la piccola mi tirò decisa facendomi segno di stare zitta.
Rimanemmo appoggiate al muro, appena dopo l'angolo, per cinque minuti che mi sembrarono cinque secoli. Il silenzio fu rotto dal cigolio del portone che veniva aperto e poi da un rumore d'auto. La bimba si sporse oltre l'angolo, il cuore mi batteva in gola. L'auto accelerò e subito dopo si fermò. La piccola mi tirò fin dietro una colonna di sasso. Appena in tempo per non essere viste dall'autista della macchina che era tornato indietro per chiudere il portone.
Quando lo sentii sbattere feci un sospiro fino quasi a svenire. Ci trovavamo in un ampio cortile con un' unica luce fioca sul fondo che contrastava il buio pesto. Vera mi fece

segno di fare piano e, in punta di piedi, costeggiando il muro, ci dirigemmoi verso la piccola luce.
Proveniva da una finestra a piano terra. Una tenda lurida e una grata facevano solo intravedere l'interno. Ci schiacciammo contro il muro al fianco della finestra e la bimba allungò la testa verso l'interno. Sobbalzò indietro e cominciò a piangere. Fu allora che, dopo un lungo respiro, mi feci coraggio e mi sporsi anch'io.
Appoggiai la testa al vetro e cercai di guardare all'interno. Dentro ad una piccola stanza, distinsi sei bimbi di non più di dieci anni, seduti su delle vecchie sedie impagliate. Nel lato opposto della finestra vi era una porta chiusa. Uno dei piccoli guardò verso la finestra. Mi scansai all'istante, dato il buio non poteva avermi visto, pensai, ma la paura tornò a battermi forte nel petto.
«Petre...» sussurrò appena la piccola. «Mio fratello!»
Capii tutto all'improvviso. Mi sporsi nuovamente e riconobbi il bambino del metrò, rapito vicino al campo degli zingari.
Mi ritrassi ancora contro il muro e guardai la bimba, quasi aspettando da lei un'idea che a me non veniva. Ma Vera, dopo aver visto il fratello, aveva perso tutta la sua vitalità e si accucciò a terra. Da quella posizione, incrociò il mio sguardo e riprese a piangere silenziosamente. Presi il cellulare dalla borsa e digitai un messaggio: l'indirizzo della via e un "VIENI PRESTO!". Francesco l'avrebbe letto subito? Mi lasciai scivolare a terra vicino alla bimba e la strinsi forte.
Il rumore del portone che si apriva ci fece sobbalzare. Rapidissime ci rifugiammo su una vecchia scala nera, che portava verso appartamenti certamente diroccati.

«Dobbiamo andarcene da qui.» Dissi piano alla bimba, ma in quel momento una luce mi accecò.
Poi un dolore fortissimo alla schiena e fu di nuovo il buio.

Di incubi e dolori, di come tornai viva dall'inferno, di incontri graditi e sgraditi in un ospedale

Da quanto stavo nuotando? Un'ora? Due ore? Annaspavo, i respiri sempre più affannosi, sempre più vicini uno all'altro. Sentivo i polmoni scoppiare, in uno anche un dolore acuto, come di un arpione conficcato. A ogni bracciata spruzzavo uno schizzo di sangue, come una balena ferita che non cede al suo Achab.

E l'uomo col casco era sempre più vicino. Sentivo il suo respiro, distinguevo il suo ghigno. La piccola era ormai solo un puntino tra i flutti, che si vedeva quando le onde calavano e poi spariva in una barriera di schiuma e mi prendeva l'angoscia che non l'avrei rivista alla prossima discesa delle onde.

Il tempo di pensare si esauriva in un attimo perché il fiato dell'uomo era su di me. Allora acceleravo con un'improvvisa energia e uno schizzo di sangue più copioso arrossiva il mare.

Lo distanziavo per poco, poi il fiato tornava a mancarmi e il ghigno dell'inseguitore era di nuovo a due bracciate da me.

Stavo per essere vinta, presto l'uomo avrebbe estratto l'arpione e in quell'istante io sarei morta.

Decisi di lasciarmi andare, di non nuotare più, in questo modo sarei finita nelle profondità marine e le onde avrebbero fatto riaffiorare il mio corpo lontano da lui, così non

avrebbe potuto avere il mio cadavere. Ma, proprio quando stavo per farlo, vidi una barca sul filo dell'orizzonte.
Non so dove ritrovai il fiato per nuotare e gridare insieme. Anche l'uomo la vide e allungò le braccia per prendermi, ma la forza della disperazione mi rese più veloce, lo distanziai lasciandomi dietro una scia di sangue e schiuma.
La barca mi veniva incontro, Francesco allungò la sua mano e io mi attaccai ad essa come al lazo del cowboy che ti salva dal precipizio. La strinsi con le mie ultime forze e lui mi tirò a sé.
La mano di Francesco è affusolata, bella come una mano di ragazza. La stringevo mentre lentamente aprivo gli occhi e la stanza roteava intorno a me e ruotando mi mostrava volti sfumati, quello di mia madre che piangeva, di Antonio il poliziotto e, più lontano, del padre di Fortunato, serissimo. E poi di uomini in bianco, infermieri o dottori. Uno di loro:
«Fuori tutti ora.»
Il suo tono fu talmente grave, da riportarmi definitivamente nella realtà
«*No!*»
Volevo che almeno Francesco e mia madre restassero, ma le parole non mi uscirono. Mi resi conto che avevo qualcosa sulla bocca. Un respiratore, forse. Francesco mi lasciò la mano, lentamente e allora il medico fece l'annuncio:
«Abbiamo estratto la pallottola senza complicazioni. Tra ventiquattr'ore potremo considerarla fuori pericolo».
La pallottola mi aveva preso la schiena e perforato un

polmone.
«Ha perso molto sangue ma la costituzione è forte.»
L'uomo che aveva sparato era lo stesso che quella sera nella fabbrica dismessa aveva aggredito Francesco e me.
«Una vecchia conoscenza, ma non c'erano abbastanza prove per portarlo dentro.»
«Nemmeno dopo una sparatoria, un'aggressione e un rapimento?»
Potei solo pensare la domanda. Il pancione era apparso sull'uscio della stanza, lo accolsi con una smorfia di dolore e disgusto che fece tremare il respiratore.
Francesco riprese a raccontare la dinamica dei fatti. Dopo aver ricevuto il mio messaggio, chiese l'aiuto di Antonio che, dopo aver sentito del luogo in cui mi trovavo, si procurò rinforzi. Giunsero alla casa diroccata nel momento il cui l'uomo con il casco mi sparava.
«Tenevamo d'occhio da tempo quella casa.»
«Allora sapevate...!»
Feci un sobbalzo più forte del precedente, il pancione intuì la domanda che il respiratore m'impedì di pronunciare.
«Non bastano i sospetti per il giudice istruttore. E poi i bambini, quando li fermiamo, non vogliono parlare. Sanno che prima o poi saranno rilasciati.»
«Per tornare ai semafori o prigionieri di quei mostri!»
Gli lanciai un'occhiata piena di rabbia e, con un gemito, mi girai di fianco per quanto l'armamentario di flebo e ossigeno permettessero. Allora il medico invitò anche il pancione ad uscire.
L'interrogatorio fu rinviato di pochi giorni, il tempo di tornare a respirare senza aiuti artificiali, per quanto un

polmone fosse rimasto compromesso.

«Ancora una volta ha voluto fare di testa sua.»
Si lasciò cadere su una sedia ai bordi del letto e fece tremare la flebo.
Non lo degnai di uno sguardo. Fece un mezzo sorriso e tirò fuori di tasca il pacchetto delle sigarette. Ne prese una, fece per metterla in bocca, poi la guardò e guardò me e la appoggiò sul tavolino di fianco.
Erano ormai dieci giorni che ero ricoverata e conoscevo quasi tutti i dettagli di quel che era successo, benché la mia memoria si fermasse su quelle scale buie dove ero stata colpita. Anche il poliziotto sapeva bene di non dirmi niente che io non sapessi già, ma proseguiva con voce monotona. Ogni tanto si fermava e mi guardava. Forse pensava avessi scoperto qualcosa in più di quanto riferito. O forse...
«Erano tre, nessuna banda organizzata come ha scritto quel giornalista amico suo.»
... forse avevo scoperto qualcosa che non avrei dovuto scoprire.
Vide il mio disappunto e fece un altro sorriso. Riprese la sigaretta e se la mise in bocca senza accenderla.
«E a proposito di amici, ho incontrato il padre del suo marocchino scomparso.»
Mi tirai su indignata e un dolore acutissimo mi fece gemere.
«D'accordo italiano. Mi avete convinto.»
Riprese in mano la sigaretta e si diresse verso la finestra socchiusa.
«È riuscita a convincere anche lui del rapimento eh?»

Fece una breve pausa e tirò fuori l'accendino.
«Sembra proprio che sia un medico famoso. Se si fosse fatto vivo prima... Mah...»
«Mah cosa?»
Sobbalzai un'altra volta ignorando il dolore.
«Niente, niente. Stia calma che non è nelle condizioni di incazzarsi.»
Tornò a fissarmi.
«Cerchi di guarire e non pensi più a queste storie. È una brava giornalista.»
«Pubblicista!»
«Appunto. Ora quei criminali sono in galera e lei dovrà testimoniare.»
«E i bambini?»
Portò l'accendino vicino alla sigaretta, poi con un gesto rapido lo rimise in tasca.
«Non molla mai eh? Uno lo abbiamo restituito alla madre, gli altri sono già spariti.»
«Li avete fatti tornare in strada...»
Ormai stavo seduta sul letto, con tutti i nervi tesi e l'ago che pungeva il mio braccio ad ogni parola. Il pancione mise via anche la sigaretta, dopo averla guardata come un bimbo guarda un dolce che gli è stato proibito.
«Pensa che preferiscano essere rinchiusi? O che ci sia qualcuno disposto ad adottarli? Dei tre delinquenti che abbiamo preso, quello che ha sparato era un italiano, vecchia conoscenza, ma gli altri due?»
Tornò alla finestra, come se parlasse tra sé e sé.
«Gli altri erano ragazzi un po' cresciuti. Avevano anche loro iniziato ai semafori, uno tre anni fa l'avevamo preso perché rubacchiava. Ed ora hanno fatto il salto. Il più

grande al nostro arrivo ha provato a tirare fuori la pistola.»
«Se ne vada, non voglio sentire altro.»
«Torni ai suoi articoli, glielo l'ho detto. E lasci perdere anche il suo amico marocchi... , italiano.»
Non reagii alla battuta. Il dolore aveva ripreso il sopravvento. Anche il pancione se ne rendeva conto.
«Me ne vado. Me ne vado. Ora riposi e dia retta a me, lasci perdere.»

In un primo pomeriggio invernale la foschia filtrava dalle tapparelle abbassate. Me ne stavo accasciata nel letto in dormiveglia. Da li ad un'ora sarebbero iniziate le visite, sempre più di circostanza. Amici e parenti a cui ripetere per l'ennesima volta quanto era accaduto, ma che stavo bene e che i medici dicevano che miglioravo e che presto sarei tornata a casa.
Il respiratore era appeso sopra il letto. Ne avevo bisogno ancora di notte, per ora almeno o forse per sempre. Il fiato mi mancava e peggiorava il mio umore. Ero sudata, mi sentivo sporca. Eppure temevo il momento in cui sarei uscita da lì. Cosa avrei fatto? Seguito i consigli del pancione? No. Di questo ero certa e di questo avevo paura. Fu l'ultimo pensiero prima di addormentarmi.
Mi svegliò un raggio di luce dal corridoio e un grido stridulo, inconfondibile:
«BARBARA!»
Giulia era sulla porta della stanza. Appena mi girai verso di lei corse verso il letto e mi baciò prima che potessi impedirglielo.
«Quegli zingari bastardi!»

«Il loro capo era italianissimo!»
Non fece caso alle mie parole e continuò con il suo linguaggio da carrettiere a prendersela con gli zingari ladri e con gli arabi assassini.
Era elegante e ben truccata, al posto del solito Manifesto stringeva una copia di Libero.
Dopo dieci minuti di monologo, a cui non risposi mai, lanciò un nome e apparve sulla porta il suo nuovo fidanzato, in questa veste almeno me lo presentò.
«Tutto per colpa di quel porco!»
Di fronte al nuovo fidanzato cominciò una lunga filippica contro Fortunato. Non credeva più a rapimenti o a sparizioni misteriose. Si era convinta, o le faceva comodo credere, che si trattasse di una fuga sulla scia di qualche:
«DONNACCIA! Magari quella zingara ladra del cazzo! Ma non provi a farsi rive...»
La bloccai con il poco fiato che mi rimaneva, allontanandola dal letto con una mano. Poi cominciai a tossire e ad ogni colpo di tosse era come se la pallottola mi perforasse un'altra volta.
«Sto male, ho bisogno dell'infermiera. Fuori! Fuori tutti e due!»
Giulia mi guardò senza pronunciare altre parole. Mi fece ciao con la mano e uscì abbracciata all'uomo.
Così anche Giulia non credeva più che la scomparsa di Fortunato nascondesse qualche segreto. E pensare che era stata lei a chiedermi d'iniziare la mia ricerca.
Tornarono i dubbi fino a diventare angoscia. Continuare un'inchiesta che tutti mi suggerivano di abbandonare? O tornare a fare la brava pubblicista che scrive dei piccoli fatti del quartiere?

Il solo pensiero mi faceva inorridire. Come avevo potuto farlo per così tanto tempo?
Mentre mi assopivo tornava come un incubo lo scontro nella fabbrica abbandonata, il locale coi bambini prigionieri, il dolore alla schiena.
Ma quel pomeriggio era destino che non dovessi prendere sonno. Voci concitate delle infermiere mi destarono definitivamente.
«Non può entrare.»
«Non è un posto per i bambini»
«Fuori o chiamiamo una guardia.»
Una voce di donna rispondeva ma era sommessa e non la capivo anche perché era coperta da quelle delle infermiere.
Una terza visita in un solo pomeriggio era davvero troppo. Chiusi gli occhi e finsi di dormire.
«Dorme! Lo vede anche lei! E poi, gliel'ho detto, i bambini non possono entrare!»
Appena chiusi gli occhi mi ritrovai in un incubo lasciato da poco. L'uomo con il casco mi aveva sbattuto a terra, dove giaceva esanime Francesco.
«Qucsta volta hai finito di ficcare il naso!»
Alzò un pugnale con la lama frastagliata. Prima di morire avrei potuto vedere il mio corpo devastato. Toccai Francesco, ma non si muoveva.
«Glielo avevo detto signorina, quella è gente che non scherza.»
Il pancione se ne stava sprofondato sulla sua poltrona, parlava senza guardarmi, giocava con la sigaretta.
Il pugnale scendeva, strinsi gli occhi, ma in quel momento sentii un grido fortissimo.

«NOOOOO!»
Un grido di bimba che si mise tra me e l'assassino.
«Vera... Scappa! SCAAPPAA!!!»
Saltai nel letto.
«Sono qua.»
La piccola era di fianco al letto. Alzai gli occhi mentre mi prendeva il magone. Lei si chinò e mi baciò sulla guancia. Ne approfittai per prenderle la mano e stringerla.
«Sto bene. Mi ha salvato il poliziotto e il tuo amico con la barba.»
Dissi sì con la testa mentre le lacrime mi scendevano sul viso.
«I bambini non dovrebbero stare qui.» Ripeteva l'infermiera senza più convinzione.
Una mano allontanò la bimba dal letto così finalmente feci caso alla persona che stava con lei.
Una donna con lunghi capelli neri che le scendevano fino ai fianchi, carnagione appena scura, la gonna lunga. Ripensai alla descrizione di Chiara.
«Agnese?»
Sussurrò un sì.
Guardai meglio i suoi occhi e li riconobbi. Era lei la donna aggredita quella notte davanti alla fabbrica diroccata. Ne ero certa anche se allora era buio e vidi il suo viso solo per pochi attimi. Ottenni la conferma quando un bimbo si affacciò dalla porta e riconobbi Petre.
Feci segno ad Agnese di avvicinarsi e l'abbracciai. Il piccolo cercò di intrufolarsi e lei lo strinse a sé.
L'infermiera, impaziente, si fermò davanti alla porta. Guardò la donna e poi me, fece per dire qualcosa, si girò e uscì brontolando.

Di incendi e distruzioni, di quando sfidai i bulldozer al fianco del mio cowboy, di come svelai una verità inconfessabile

Sonnecchiavo e pensavo, cullata dal ritmo del ferro sulle traversine, le gambe distese, godendomi lo spazio del sedile tutto per me.
Erano passati due mesi dall'operazione al polmone, era marzo e faceva caldo. Un raggio tiepido mi accarezzò la fronte, come una mano gentile che ti aiuta a chiudere gli occhi e ad allontanare i pensieri fastidiosi.
Il treno a quell'ora era abitato quasi solo da ragazzi. Parlavano tra loro, con gli auricolari degli iPod nelle orecchie e ogni tanto si lasciavano andare ad una risata sguaiata. Uno di loro assomigliava a Fortunato ai tempi dell'università.
La loro inconsapevolezza mi turbava. Anche noi allora ridevamo per niente, non avevamo idea di quello che la vita ci avrebbe riservato.
I pensieri si sciolsero nel dormiveglia, mentre il treno si fermava alla fermata di Francesco.
Era più cowboy del solito. Oltre al cappellone e al giubbotto completavano il personaggio degli stivaletti di cuoio come si usavano negli anni 70. La nostra avventura si avvicinava ormai alla conclusione e Francesco era un protagonista perfetto, anche se non aveva pistole da sfoderare.
Scendemmo ad una fermata periferica, con noi scesero

soltanto due donne rom. Se n'erano state fino a quel momento in fondo al vagone, canticchiando una canzone nella loro lingua. Una mi squadrò e parve riconoscermi. Interruppe il canto di colpo, prese per mano l'altra donna più giovane e si allontanarono veloci lasciandoci soli sul binario.

Vera non c'era, eppure eravamo in perfetto orario all'appuntamento. Avevamo deciso d'incontrarci in quella stazione di periferia per poi andare insieme al suo campo. Lì avrei trovato le risposte che ancora mi mancavano sulla sparizione di Fortunato. Si trovava in un campo simile la notte del suo secondo arresto. Il figlio di Agnese aveva la febbre alta e lei gli aveva chiesto aiuto dopo averlo atteso davanti casa. Pensavo al pancione che in tutti i nostri incontri non aveva mai fatto accenno a quell'arresto e la rabbia mi salì dallo stomaco alla testa.

Spostai bruscamente la mano di Francesco che aveva raggiunto la mia spalla.

«Il campo non è lontano, andiamole incontro.»

Francesco tirò fuori la sua cartina, ma in quel momento un frastuono di sirene ci fece correre fuori dalla stazione. Pompieri e polizia. E non c'erano dubbi sulla direzione. Pensai a Vera e mi prese l'angoscia. Strappai la cartina dalle mani di Francesco e lo tirai verso la scia del suono delle sirene.

Il sole che mi aveva cullato sul treno aveva lasciato il posto ad una nebbiolina grigia che man mano che procedevamo diventava più scura. In breve fummo avvolti dal fumo. Un cordone di polizia c'impediva di avvicinarci.

Lunghe fiamme salivano dal nero del fumo, appena scalfite dai getti di acqua e di vapore spruzzati dalle auto-

pompe dei pompieri. Una lotta tra giganti primordiali, ma per il momento era il fuoco ad avere la meglio.
Lì in mezzo, tra loro, forse c'era Vera. Scampata ai vampiri che la volevano uccidere ora doveva combattere con le fiamme.
Ma mentre questo pensiero mi angosciava, sentii una manina che toccava la mia e la riconobbi subito. La strinsi forte, perlomeno la piccola era salva. Il sollievo durò un attimo. La bimba singhiozzava, gli occhi erano rivolti alle fiamme, ma non guardavano. Tra un singhiozzo e l'altro parlava tra sé.
«Un'altra volta. Perché?»
Mi tirò con violenza la mano.
«PERCHÉ?»
Il borbottio si trasformò in un grido e il singhiozzo in un pianto isterico.
La presi tra le mie braccia, non riuscendo a trattenere le lacrime.
La tragedia si stava ripetendo, da una parte le fiamme combattute a fatica dalle autopompe, dall'altra i bulldozer e l'immenso ragno meccanico, pronti a completare il lavoro del fuoco.
Era andata così anche quattro mesi prima in quell'altro campo, ma allora era notte. Fortunato aveva appena terminato la visita al piccolo Petre.
«Questo bambino va ricoverato subito! Non può...»
Le urla per l'incendio scoppiato nella roulotte vicina lo avevano interrotto.
Il fuoco si levava alto nel buio. Il campo era in una zona periferica, un terreno non coltivato senza un lampione nel giro di un chilometro.

Agnese infagottò il bimbo in una vecchia coperta e Fortunato lo prese e lo portò nella sua Giulietta che in quel frangente si rivelava così poco funzionale. Anche allora le sirene dei pompieri si confondevano con quelle della polizia. il campo era circondato. Fortunato schiacciò il piede sull'acceleratore e con un sterzata brusca attraversò tutto il campo per riprendere la strada in un punto più avanti. I poliziotti erano rimasti disorientati, ma subito un'auto della polizia gli si mise davanti per impedirgli la manovra.
«Sono un medico, questo bimbo sta male, va portato in un posto caldo, subito!»
«Fammi vedere il tuo permesso di soggiorno.»
«Ma sono italiano! Guardi...»
Solo allora si accorse di non avere il portafoglio, era rimasto nella roulotte, ormai lambita dalle fiamme.
Vera interruppe il racconto con un grido. Il fuoco era stato domato e il ragno meccanico e i bulldozer stavano occupando il centro della scena.
Le baracche venivano stritolate in pochi istanti vomitando stracci, resti di brande, pentole, arti di bambola .
Il fuoco, spento sui resti del campo, si riaccese dentro di me. I mostri di ferro avanzavano verso quelle poche proprietà di un popolo senza armi. Molti di loro erano fuggiti, gli altri assistevano impotenti alla distruzione. Il cordone della polizia si era allentato, non c'erano più curiosi.
Guardai Francesco, lui capì subito. Si sistemò il cappello da cowboy, sgusciò tra i poliziotti e si diresse verso i bulldozer. Io ero al suo fianco.
Ci sedemmo a terra, come quell'altra volta sui binari. Al posto del treno davanti a noi ora c'era il mostro distrutto-

re, dietro un avanzo di baracche. Un bastardino, divertito dal gioco, si mise in fianco a noi, abbaiando forte contro i bulldozer. Nell'altro lato il pancione scuoteva la testa accendendo una sigaretta. Le cose piovevano intorno a noi. Una vecchia stampa raffigurante la danza campestre di Renoir si adagiò davanti a me. Era la stessa che mi aveva mostrato Chiara.

Il pancione ci trattenne fino all'alba. Non ci interrogò e si mostrò gentile. Prima di lasciarci liberi mi fece portare un caffè.
Delle volte era simpatico e questo mi faceva imbestialire. Passai veloce davanti al suo ufficio senza farmi vedere. Eravamo quasi all'uscita quando mi chiamò.
«Ora non ha più ragioni per mettersi nei guai, signorina. Continui a scrivere i suoi articoli e lasci perdere gli zingari che con loro non ha niente da spartire.»
Mi fermai di scatto e gli lanciai un'occhiata piena d'odio. Lui fece una grande risata e mi diede la mano. La rifiutai. Allora la portò alla tasca e tirò fuori una sigaretta.
Francesco mi chiamò dagli scalini dell'uscita. Mi lasciai abbracciare senza reagire. Il poliziotto aveva ragione: la mia ricerca finiva lì.

Poco dopo ero di nuovo su un treno. Era presto, una ragazza dormicchiava, occupando i due sedili davanti a me e, coi piedi, anche quello al mio fianco. Gli auricolari nelle orecchie le conciliavano il sonno. Chissà di che nazionalità era? Nel sonno non ci sono differenze.
Ci pensò il bigliettaio a svegliarla bruscamente. Si tirò su faticosamente ed aprì gli occhi giusto il tempo per cercare il biglietto.
Dove sarà Fortunato?
Riguardai ancora una volta i miei appunti. Ne poteva

uscire un bell'articolo ma era da escludere che il caporedattore lo prendesse in considerazione. Me lo vedevo prendere i fogli, passarli, leggere le prime righe e le ultime. Ridarmeli, porgermi una velina:
«Ne ricavi qualcosa, dieci, dodici righe.»
Dirmi poi voltandomi le spalle.
Feci una risata che contagiò la ragazza ormai sveglia, che ricambiò con un gran sorriso.
«E' una scrittrice, cosa scrive?»
«Solo una fiaba, una fiaba scritta in treno.»

Stampato da Lulu.com per conto di Editori della Peste
nel mese di novembre 2009

www.ingramcontent.com/pod-product-compliance
Ingram Content Group UK Ltd.
Pitfield, Milton Keynes, MK11 3LW, UK
UKHW020235250726
13967UKWH00001B/380

9 781445 232959